AF280936

Henrik Woelk

Das Lächeln des Lichts

Herstellung und Verlag: Books on Demand GmbH,
Norderstedt

ISBN 3-8334-2292-0

Der Raum Nummer 37

1. Tür

Das Gebäude betrat ich durch einen seitlichen Eingang. Da ich mich im weitläufigen Inneren nicht auskannte, klopfte ich an die Tür mit der Aufschrift „Anmeldung und Information". Ein leises Summen ertönte, die Tür gab meinem sanften Druck nach und ich trat ein.

Hinter einer gläsernen Theke stand eine junge Frau in einem hellblauen Kostüm, das ihr den Anschein einer Stewardess verlieh. Sie strahlte mir entgegen, wartete mein Näherkommen ab und begrüßte mich freundlich: „Guten Tag, was kann ich für Sie tun?"

„Ich brauche eine Auskunft von Ihnen, wohin ich mich zu wenden habe, denn ich kenne mich hier nicht aus", antwortete ich wahrheitsgemäß.

„Gern", erwiderte sie lächelnd, „wenn Sie mir Ihren Namen sagen, kann ich Sie anmelden und nachschauen, in welchem Raum Sie erwartet werden."

Ich zögerte, denn ich konnte meinen Namen nicht erinnern. Die Dame von der Anmeldung schien zu wissen, was in mir vorging und ermunterte mich: „Warum denken Sie sich nicht einfach einen Namen aus."

„Stanislav Kalendro", sagte ich erleichtert, „ich heiße Stanislav Kalendro".

Sie rückte ihre Brille zurecht, lächelte mich an und sagte: „Was für einen schönen Namen Sie sich ausgedacht haben." Dann tippte sie etwas in die Tastatur eines Computers, wartete einen Moment eine Veränderung auf dem Bildschirm ab und informierte mich: „Stanislav Kalendro. Hier habe ich Sie. Sie werden in Raum Nummer 37 erwartet. Es ist gleich hier nebenan. Gehen Sie einfach rein, ich habe Sie bereits angemeldet."

„Vielen Dank, Sie arbeiten hier sehr zügig", erwiderte ich höflich, nickte ihr zu und klopfte an die Tür, auf die sie gezeigt hatte. Eine Stimme rief „Herein" und ich trat ein.

2. Tür

Die Tür fiel hinter mir zu. Der Raum schien menschenleer. Auf dem Schreibtisch dampfte es aus einem zurückgelassenen Becher. Viele Bücher standen rundherum in Regalen, und als ich ihnen mit meinem Blick in schwindelerregende Höhen folgte, sah ich sehr weit oben auf einer Leiter einen kleinen, grauhaarigen, gebeugten, alten Mann, der mir zukrächzte: „Ich komme gleich zu Ihnen." Es dauerte dann doch noch eine Weile, bis er unten angekommen war. Außer Atem hievte er sich auf seinen Schreibtischstuhl und lud mich ein zum Sitzen. Er blätterte eine zeitlang in einem Buch, das er von oben mitgebracht hatte, notierte etwas daraus auf einem kleinen Zettel, schlug es dann zu, wovon eine kleine Staubwolke entstand, die er mit der Hand zerwedelte. Dann lächelte er mich mit forschenden, glitzernden, kleinen, faltigen Augen an: „Stanislav Kalendro, nicht wahr?"

„Genau, so habe ich mich genannt.", antwortete ich ihm sehr ehrlich.

Er begann wieder in dem Buch zu blättern, sagte in abwesendem Tonfall „Gut, gut, gut", sah dann zu mir und fragte: „Sie wissen, warum Sie hier sind?"

Ich zögerte mit der Antwort, denn ich war mir darüber keineswegs im Klaren. Er sah mich erwartungsvoll an, schob seinen Kopf zwei-, dreimal ruckartig ein kleines Stück vor, als wolle er etwas losrütteln, das auf meiner Zunge liegen könnte. Da ich stumm blieb, zog er die Augenbrauen hoch, zwinkerte mir aufmunternd zu, und etwas befremdet von seiner Mimik antwortete ich: „Nein, ich weiß nicht, weswegen ich hier bin. Ich hatte gehofft, dass Sie es mir sagen können."

Er öffnete seine Hände, hob sie mir entgegen und antwortete fröhlich: „Das kann ich in der Tat. Sie sind in einem...", an dieser Stelle zögerte er einen Moment, wiegte nachdenklich seinen Kopf, „...Traum. Nennen wir es einen Traum. Es ist nicht ganz das richtige Wort, aber es ist die Eigenart der Worte, nie ganz richtig zu sein. Dieser Traum ist nicht wie ein allnächtlicher Traum, aber zumindest kann ich Ihnen versichern, dass während wir hier sitzen, Ihr Körper anderswo ist und ganz regungslos."

„Aha", sagte ich etwas dumm und ein wenig beunruhigt.

Er schien es zu merken und fügte in beschwichtigendem Ton hinzu: „Sie haben Glück, ein derartiger Traum ist schwer zu erreichen. Einige Male im Leben träumen Menschen auf diese Weise. Einige seltener, andere öfter, meist in Situationen, in denen eine gewisse...", er sah mich einschätzend an und schien wieder nach dem richtigen Wort zu suchen, sagte schließlich zögernd „Verwirrung" und wiederholte dann fester: „Diese Träumen stellen sich bisweilen ein in Situationen, in denen eine gewisse

Verwirrung herrscht. Dann kommen wir und helfen Ihnen, Ihr Leben neu zu arrangieren, hier im Traum fassen wir die Wünsche an ihrer Substanz und bringen sie auf die Bahn, in der sie sich gut entwickeln können. Später wenn Sie wieder wach sind, in Ihrem alltäglichen Leben, in den nächsten Tagen, Wochen, Monaten, manchmal auch Jahren, bekommen Sie dann die Auswirkungen dessen zu spüren, was hier seinen Anstoß bekommen hat. Sie werden das nicht erinnern, denn aus dieser Art von Träumen ist das Erwachen ohne jede Erinnerung. Und dennoch ist dies der Ort, an dem alles im Leben entschieden wird. Die Voraussetzung ist natürlich, dass Sie einen Wunsch haben, den Sie mir klar nennen können. Manchmal kommt jemand hierher und kann uns keinen klaren Wunsch nennen. Das ist dann sehr bedauerlich, eine Verschwendung, denn dann können wir nicht viel tun, und der ganze Verwaltungsaufwand war umsonst." Er schaute mich fest an: „Ich hoffe Sie sind vorbereitet. Stanislav Kalendro, nennen sie mir jetzt ihren Wunsch."

Ohne jedes Nachdenken antwortete ich: „Ich wünsche mir ein glückliches Geschick in der Liebe."

„Ein schöner Wunsch", sagte er, „vielleicht etwas allgemein formuliert. Sagen Sie mir mehr, nennen Sie mir einen Namen."

Ich sagte „Indra".

Er kniff die Augen zusammen und zog seinen Mund breit, als gefiele ihm nicht, was er gehört hatte. Er sah mich eine kleine Zeit lang so an, dann entspannten sich seine Züge, und er fragte mich mit einem, wie es mir schien, etwas resigniertem Tonfall: „Muss es ausgerechnet die sein. Wissen Sie eigentlich, wie oft wir diesen Namen hier hören? Wollen Sie sich nicht einfach Reichtum, Gesundheit und viele begehrenswerte Frauen in schneller Folge wünschen? Das wäre für uns sehr viel einfacher."

„Nun, Reichtum interessiert mich nicht", sagte ich ihm entschlossen, „der Ausdruck 'glückliches Geschick' umfasst für mich auch Gesundheit, und was soll ich mit vielen Frauen, wenn ich dann doch nur immer die Eine vermisse?"

Er seufzte tief, kritzelte laut mitsprechend auf den Zettel vor sich „glückliches Geschick beinhaltet für ihn Gesundheit, Reichtum interessiert ihn nicht." Dann sah er mich an und sagte ermahnend: „Stellen Sie sich das nicht so einfach vor. Und ohne etwas Reichtum funktioniert das sowieso nicht, das sage ich Ihnen gleich." Er machte eine Pause, blickte auf das offene Buch auf dem Schreibtisch, als erwarte er eine Antwort von dort, sah mich plötzlich an und fragte: „Habe ich Ihnen eigentlich schon einen Tee angeboten?"

„Danke, ich bin nicht durstig", lehnte ich ab. Er schien etwas verstimmt, wog seinen Kopf hin und her, kratzte sich mit der linken Hand unter dem rechten Ohr, blätterte noch einmal in dem Buch, brummte nachdenklich etwas vor sich hin, sah mich wieder an und sagte: „Ich kann Ihnen hier nicht weiter helfen. Bei Ihrem speziellen Wunsch müssen Sie sich an Raum Nummer 18 wenden." Er öffnete eine Bodenluke, die mir vorher nicht aufgefallen war. „Steigen Sie hier ein paar Stiegen hinab, dann folgen Sie dem Gang und am Ende ist die Tür, gegen die Sie dreimal kräftig klopfen müssen. Und sehen Sie sich vor im Gang, wir haben dort ein paar Probleme mit der Elektrik, das Licht funktioniert nicht, stolpern Sie nicht."

Ich bedankte mich, er nickte mir aufmunternd zu, und als ich die Stiegen herabstieg, sah ich ihn wieder die Leiter an seinen Bücherregalen emporklettern. Im Gang stieß mir ein unangenehmer, süßlicher Geruch entgegen, der vermischt war mit etwas Chemischem, dass ich in meiner Unkenntnis für Ammoniak hielt. Im wenigen Licht, das aus der noch geöffneten Luke in den Gang fiel, sah ich, dass Dinge am Boden lagen, möglicherweise Abfalltüten, Berge von Mullbinden oder Reste von Baumaterial. Nach einigen Schritten war ich fast blind vor Dunkelheit, stolperte mühsam weiter, trat auf etwas Weiches, das sich unter meinen Füßen wie ein totes Tier anfühlte. Ich überlegte schon umzukehren und um eine Lampe zu bitten, verwarf das aber wieder, denn es schien mir unanständig, dem alten Mann einen weiteren Abstieg von der Leiter zuzumuten, und außerdem schämte ich mich allein für den Gedanken, von etwas Dunkelheit aufgehalten werden zu können. So machte ich stattdessen die Augen zu und ging mit beherzten Schritten zügig weiter, ohne noch zu versuchen, nicht auf das am Boden Liegende zu treten, und prallte nach etwa fünf Metern schmerzhaft gegen eine Tür. Ich klopfte dreimal, ein lautes „Herein" ertönte, und ich trat ein.

3. Tür

Im ersten Moment war ich geblendet von einer kühlen Neonbeleuchtung. Der Raum war leer bis auf einen Schreibtisch, auf dem ein Computer stand. Dahinter saß ein Mann im bunt karierten Jackett und

grinste mich breit an: „Der Gang ist etwas unaufge-
räumt, es sind einige Reste liegen geblieben, der
Putzdienst kann dort nicht arbeiten, weil das Licht
nicht funktioniert, und so kommt eins zum anderen.
Aber jetzt haben Sie es ja geschafft. Setzen Sie sich
doch, machen Sie es sich gemütlich", und wies da-
mit auf den ungepolsterten Stuhl gegenüber seinem
Schreibtisch und redete gleich weiter: „Sie sind also
Stanislav Kalendro. Und sie wollen ein glückliches
Geschick in der Liebe mit Indra?"

„Ja, so ist es", stimmte ich zu.

„Dann werden Sie sich wohl sehr weit hinten anstel-
len müssen", sagte er trocken. „So ungefähr auf Position 136. Zumal Sie Reichtum nicht interessiert
und ein glückliches Geschick in der Liebe aus Ihrer
Sicht Gesundheit beinhaltet."

„Position 136!", stieß ich unangenehm überrascht
hervor. „Da kann ich ja ewig warten."

Er nickte, „das sehe ich auch so."

„Kann man denn da gar nichts machen, können Sie
mir nicht helfen, ich denke, das ist der Sinn meines
Besuches hier?"

Er kicherte listig. „Sicher kann ich Ihnen helfen. Als
erstes mit einem guten Rat. Wünschen Sie sich einfach eine andere, seien Sie nicht dumm, vertrauen
Sie mir, ich habe eine langjährige Erfahrung. Wir
haben einige ganz Tolle, wenn es unbedingt sein
muss auch welche, die sich nach dem Bild Ihrer
Wunschfrau operieren lassen würden, dann sehen
die fast genauso aus. Wir können es so arrangieren,
dass Sie den Unterschied nicht bemerken. Und mit
denen können Sie machen, was Sie wollen. Sagen

Sie einfach nur ja, wir sorgen dann dafür, dass Sie sich glücklich verliebt fühlen."

Entrüstet wies ich seinen Vorschlag zurück: „Das wäre nicht dasselbe. Die Entscheidung ist schon früher gefallen, nicht erst in diesem Traum. Sie ist der Wunsch. Einen anderen Wunsch habe ich nicht. Wenn der Wunsch nicht erfüllt werden kann, lässt es sich eben nicht ändern."

„Lässt es sich eben nicht ändern, lässt es sich eben nicht ändern", äffte er mich nach, „jugendliche Engstirnigkeit, nichts weiter."

Ich sagte nichts. Als er merkte, dass ich nicht vorhatte, mich seiner Meinung anzuschließen, seufzte er routiniert: „Nun gut. Ein glückliches Geschick in der Liebe mit Indra. Nehmen Sie etwas Geld dazu, dann geht es schneller, es muss ja nicht gleich Reichtum sein. Sagen wir 4000 Euro im Monat. Damit würden sie auf Position 63 vorrücken. Selbstverständlich müssen Sie sich für das Geld etwas anstrengen, aber keine Sorge, wir können da ein wenig mithelfen." Er tippte etwas in die Tastatur vor sich, wartete eine Veränderung auf dem Bildschirm ab und entschied dann: „Glückliches Geschick in der Liebe beinhaltet nicht Gesundheit. Verzichten Sie auf diese Klausel. Ich kann es ihnen einfach machen. Sagen wir, sie sterben in sieben Jahren an einem Gehirntumor. Sie werden gar nicht merken, dass er da ist. Sie leben die Jahre und fühlen sich gesund, und dann kippen Sie einfach um, und das war es. Das ist fast wie Gesundheit, eine Krankheit, die Sie niemals spüren werden. Und damit würden Sie mit einem Schlag auf Position 4 vorrücken. Ein gewaltiger Sprung. Und Sie werden nur knapp vier Jahre warten müssen, die

Nummer eins stirbt an Leukämie, der zweite hat sich für den Herzschlag während der Liebesnacht mit ihr entschieden, ein sehr romantischer Herr, wenn Sie mich fragen, und der dritte kriegt sie einfach so, liebt sie aber nicht. Er will eigentlich eine andere, er bekommt sie als Ersatz, sie ist sehr viel besser, aber er ist zu beschränkt, es zu bemerken. Dann bekommt er schließlich doch die, die er wollte, und Sie haben freie Bahn, dann sind Sie dran, für drei ganze Jahre. Allerdings, diesen dritten wird sie nie vergessen. Sie wird ihn immer lieben. Aber keine Sorge, Sie merken es nicht, sie ist eine gute Schauspielerin, sie wird Sie glauben lassen, Sie seien der einzige Mann für sie. Sie werden also den Tumor nicht spüren und sich von ihr geliebt fühlen. Was meinen Sie?"

Verärgert und angewidert schaute ich ihn an: „Das soll ein glückliches Geschick sein?"

„Ich habe Ihnen doch gleich gesagt, nehmen Sie sich eine andere", gab er spitz zurück.

Ich stand auf: „Nein, ich akzeptiere Ihren Vorschlag nicht. Ich will nichts davon wissen."

„Er akzeptiert es nicht, für wen hält der sich?", sprach der im bunten Jackett mehr für sich, summte bösartig, „akzeptiert es nicht, akzeptiert es nicht", und barsch zu mir: „Reklamationen Zimmer 19, die Tür hinter Ihnen." Dann begann er, mit hartem Anschlag auf seiner Tastatur zu tippen, und schenkte mir keine Beachtung mehr.

4. Tür

Hinter der Tür führten einige Stufen nach oben, die diesmal zu meiner Erleichterung beleuchtet waren. Sie führten mich in einen Raum, in dem ein dickli-

cher Mann behaglich in einem von zwei Cocktail-
sesseln saß. Er nickte mir zu, sagte verständnisvoll:
„Sie sind verärgert, Sie sind enttäuscht. Und Sie
haben Recht damit. Lassen Sie sich nicht alles bie-
ten. Ich kann es gerade rücken, ich bin die Reklamation. Bedienen Sie sich!", er wies auf eine Bar „und
setzen Sie sich zu mir, ich schau mir die Sache noch
einmal in Ruhe an."
Ich begnügte mich mit einem Glas Soda und setzte
mich in den Sessel neben ihn. Etwas überrascht
blickte er auf mein Glas: „Aber nehmen Sie doch
was anderes, nehmen Sie sich, was Sie wollen! Die
Bar ist sehr gut sortiert."
„Danke, ein Schluck Wasser genügt mir völlig."
Der dicke Mann seufzte. „Seien Sie doch nicht immer so schrecklich bescheiden. Davon haben Sie
nichts und am Ende speist man Sie mit schäbigen
Angeboten ab." Als ich keine Anstalten machte, mir
etwas anderes zu nehmen, begann er mit einem
Holzstäbchen die Eiswürfel in seinem Glas zu rühren und sprach, als läse er daraus: „Ein Gehirntumor
ist wirklich etwas viel verlangt. Es würde zwar funktionieren, aber Sie haben Recht, eine schöne Lösung
ist das nicht. Ich hätte auch nicht akzeptiert." Dann
prostete er mir zu, trank einen Schluck und sah mich
an, als überläge er, ob er mir ein Geheimnis anver-
trauen könne: „Wissen Sie eigentlich, dass Sie schon
einmal hier waren?" Bevor ich etwas sagen konnte,
antwortete er selbst: „Natürlich wissen Sie es nicht.
Das liegt in der Natur der Sache, denn alle Aufent-
halte hier enden mit dem Vergessen. Wohlgemerkt,
Ihr Vergessen, nicht unser Vergessen. Für Sie ist das
Vergessen vorteilhaft, weil Sie dann die hier ausge-

handelten Ereignisse neu erleben können. Ich aber kann mich noch gut erinnern. Die Frau, die Sie sich jetzt wünschen, war ursprünglich für Sie vorgesehen, Sie waren füreinander bestimmt. Wir hatten alles so schön arrangiert: eine gemeinsame Fahrt in den Himalaja als Auftakt, den Aufstieg in den Himmel und anschließenden Neuanfang symbolisierend, und eine fein und wohlwollend gestrickte Entwicklung von da an. Aber Sie waren derjenige, der abgelehnt hatte. Sie haben reklamiert, dass Sie eine andere wollen. Sie wollten damals nicht auf uns hören. Das ist auch der Grund, weswegen sie jetzt so schwer für Sie zu erreichen ist. Uns blieb damals nichts anderes übrig, als einen anderen an Ihrer Stelle in das Arrangement einzusetzen. Sie allein tragen die Verantwortung für Ihr jetziges Unglück. Alle unsere Versuche, Sie auf die Richtige zu lenken, haben Sie in den Wind geschlagen. Sie wollten unbedingt diese andere, die irgendwie Eindruck auf Sie gemacht hatte. Das einzige, was sich zu Ihrer Entschuldigung sagen lässt, ist, dass Sie der Richtigen zum damaligen Zeitpunkt noch nicht begegnet waren. Doch kaum haben Sie sie entdeckt, wollten Sie sie doch, wie wir es Ihnen vorausgesagt haben. Warum haben Sie denn damals auch nicht auf uns gehört? Es handelt sich also hier und jetzt um die Reklamation einer früheren Reklamation." Er hob sein Glas prüfend gegen das Zimmerlicht und sagte: „Das ist Ihr gutes Recht, aber es ist schwierig, denn inzwischen sind einige andere in die Vorgänge verwickelt worden und auch für die muss eine gerechte Auflösung der Situation gefunden werden. Wir werden sehen, was wir noch tun können."

Hier unterbrach er sich, nahm einen kleinen Schluck aus seinem Glas, sah mich gutmütig an und begann wieder in den Eiswürfeln zu rühren. Während er gesprochen hatte, meinte ich die früheren Vorgänge von denen er erzählte, sehr schwach zu erinnern, und ich glaubte ihm. Wortlos meine Erinnerung modellierend blickte ich in die aufsteigenden Blasen meiner Selter, bis er erneut das Wort ergriff:

„Sie hat also inzwischen einen anderen bekommen. Sie sollte nicht leer ausgehen, nur weil Sie sie nicht wollten. Wir haben uns bemüht jemanden zu finden, der unter den gegebenen Umständen ideal für sie war. Da wir aber durch das damalige Eingreifen einen vorgezeichneten Pfad verlassen haben, werden wir jetzt ziemlich einfallsreich sein müssen, um einen Weg zu konstruieren, der uns wieder auf diesen Pfad stoßen lässt. Einen besseren Weg als Gehirntumor und vorgespielte Liebe." Er schüttelte den Kopf und wiederholte: „Also wirklich, ich hätte das auch reklamiert."

In einem Zug leerte ich mein Glas: „Das bedeutet?"

Etwas überrascht lächelnd sah er mich aus der Tiefe seines Sessels an: „Das bedeutet, wir suchen einen besseren Weg, können aber nicht garantieren, das es uns gelingt. Der Grund dafür ist Ihre frühere Reklamation. Am Besten prüfen wir als erstes Ihre Einstellung zu ihr und potenziellen anderen Partnerinnen. Das mag Ihnen etwas umständlich erscheinen, aber es ist sicherer, wir wollen vermeiden, dass Sie ein drittes Mal reklamieren und dann wieder eine andere wollen."

„Das wird nicht passieren", versicherte ich ihm.

„Ich glaube Ihnen", sagte er gönnerhaft, „aber um ganz sicher zu gehen, überprüfen wir es. Es geht auch gar nicht anders, es ist in diesem Fall zwingend vorgeschrieben. Aber Sie haben nichts zu befürchten, zumal Sie sich so sicher sind. Und schlimmstenfalls wird sich herausstellen, dass Sie eine andere wollen. Und was soll es? Dann bekommen Sie eben die. Sie haben also nichts zu verlieren und auch gar keine andere Wahl, reine Routine, zu Ihrem Besten. Geben Sie mir Ihr Glas und gehen Sie in Zimmer 20, die Tür links von Ihnen", deutete er mir mit der Bewegung einer Hand.

Ich erhob mich aus dem Sessel und ging, um den Ablauf nicht unnötig zu verzögern, ohne weitere Fragen durch die Tür zu meiner Linken.

5. Tür

Der neue Raum war lang gezogen, strahlend weiß und über die ganze Länge einer Wand waren Farbmonitore angebracht. Eine junge Frau mit braunem, schulterlangem Haar, einem sanften Ausdruck und einem Klemmblock unter dem Arm, die ebenfalls in weiß gekleidet war, empfing mich. Sie forderte mich freundlich auf, in einem gepolsterten Stuhl, der in der Höhe verstellbar war und auf dem sich hin- und herrollen ließ, vor der Monitorwand Platz zu nehmen. Sie selbst blieb stehen, so konnte sie leichter meinen Stuhl mit einer ziehenden Bewegung ihres Armes oder einem kleinen Tritt des Fußes vor der Monitorwand hin und her bewegen, wodurch ich jeweils vor dem Bildschirm zu sitzen kam, an dem sie mir etwas zeigen wollte oder zu dem sie etwas zu sagen hatte. Auf den Monitoren waren unterschiedliche Frauen in scheinbaren Alltagshandlungen zu sehen, und das Erstaunlichste war, dass diese Handlungen immer irgendwann zu einer Begegnung mit mir führten. Ergänzend zu diesen sichtbaren Handlungsabläufen gab die junge Frau mir Informationen über die Frauen, wobei ich den Eindruck hatte, dass sie stets bemüht war, sie in ein besonders günstiges Licht zu rücken. Insbesondere wies sie mich auf die Vorzüge hin, die mir eine Verbindung mit dieser oder jener bringen würde. Und nach jeder einzelnen wurde ich gefragt, ob ich sicher sei, das nicht diese die Richtige für mich sei, und es genügte nicht ein einfaches „nein" von meiner Seite, immer hatte ich es auch zu begründen. Jede Frau hatte unleugbare Vorzüge, meistens mehrere. Dies war zum Beispiel die Fähigkeit, mich aufrichtig und intensiv zu lieben, treu und ehrlich zu sein, günstige Impulse für meine innere und äußere Entwicklung setzen zu können, besonders wohlgeratene Kinder mit mir zu haben, ein außergewöhnliches Einfühlungsvermögen, eine gleichermaßen weitreichende und sanfte Phantasie, große Harmonie, seltene Schönheit. Es gab welche, die mich allein durch ihre Anwesenheit vor Krankheiten und Unheil, in einem Fall sogar vor dem Tod schützen konnten. Jede, die mir gezeigt wurde, gefiel mir sehr. Doch im eigenen Interesse um Aufrichtigkeit bemüht, musste ich am Ende immer sagen: „Trotzdem ist sie nicht die Richtige", denn jedes Mal gab es etwas, meistens nur eine Kleinigkeit, das mich abschreckte. Die ganze Zeit ging die junge Frau neben meinem Stuhl her, notierte meine Antworten, seufzte und begann, die nächste anzupreisen. Am Schwierigsten war es, dass sie es auch nicht auslieỹ, mich in einigen Fällen darauf hinzuweisen, welch ungünstige Entwicklung für die ein oder andere Frau durch meine Ablehnung eingeleitet wurde. Für einige führte das durch eine Reihe unglückseliger Verkettungen, an denen man mir nicht wirklich die Schuld geben konnte, sogar zu einem schlechten Tod. Einmal unterbrach ich sie: „Sagen Sie, was soll das? Es ist doch völlig ausgeschlossen, dass ich es allen Recht mache? Habe ich denn die Verantwortung für all das, was passieren wird?"

Sie setzte ihren Block ab, zog ihren Mund von rechts nach links und zurück und sagte: „Sie haben die Verantwortung für Ihr Handeln und auch für die Folgen, soweit Sie sie vorauszusehen vermögen. Gewöhnlich weiß der Mensch nicht, was sich aus seinem Tun ergibt. Aber hier und jetzt und im Anbetracht dessen, dass ich Ihnen die Folgen der möglichen Entscheidungen vor Augen führe, wägen Sie ab mit der vollen Verantwortung."

Nachdem wir einige weitere Handlungen auf den Monitoren gesehen hatten, sagte ich ernst und bestimmt: „Ich glaube an die Liebe, an die schicksalsgegebene Begegnung und daran, dass es falsch ist, sich ihr aus rationalem Kalkül zu entziehen. Ich kann keine auch noch so günstige Wahl treffen, wenn ich diejenige nicht liebe, selbst nicht, um irgendein persönliches Unheil damit abzuwenden. Ich glaube sogar, dass eine derartige Entscheidung nur noch mehr Übel nach sich zöge. Ich bin überzeugt, dass nur bei einer Liebesverbindung die günstigsten Entwicklungen für alle Beteiligten entstehen können, Impulse, die sich auch vorteilhaft für die Umgebung auswirken. Es tut mir Leid, keine der Frauen, die Sie mir hier zeigen, kommt für mich in Frage, denn ich liebe eine andere."

Die Frau lächelte, machte einen Strich auf ihrem Block und schaltete die Monitore mit einer Fernbedienung, die sie aus der Tasche ihres Kittels zog, aus und sagte: „Nun gut, Sie haben den Test bestanden. Und es mag Sie beruhigen, dass die meisten Frauen, die wir Ihnen gezeigt haben, nicht wirklich existieren. Sie haben Recht, wenn Sie auf die Liebe vertrauen, und eine Liebe, die bedingungslos ist und frei von Forderungen, ist ein Segen für die Umgebung." Dann hielt sie inne und legte sich ihre Hand nachdenklich in den Nacken, um dann zögerlich zu sagen: „Allerdings muss ich Ihnen sagen, dass die Frau, die Sie sich wünschen, nicht an die Liebe glaubt. Darum dachte ich, eine andere könnte günstiger für Sie sein, selbst wenn Sie sie nicht so sehr zu lieben vermögen."

Ich sah sie verstimmt aus dem gepolsterten, dreh- und rollbaren Schreibtischstuhl an, es missfiel mir, dass jemand sich anmaßte, Indra zu beurteilen. Sie sah es und quälte sich ein verständnisvolles Lächeln ab: „In Raum 22 wird man es Ihnen besser erklären können. Wenn Sie bitte hier durchgehen."

6. Tür

Ich fand mich in einem grau gestrichenen Raum mit vergittertem Fenster wieder, das von einer dunklen Jalousie verschlossen war, und das, wenn es geöffnet wäre, vielleicht nur den Blick in einen weiteren Raum freigeben würde. An einem Tisch aus Stahl oder Blech saß eine ältere, kräftige Frau, die in ihrem Gesicht einen Ausdruck von gleichermaßen

Bestimmtheit und Verstehen hatte. Wie die jüngere Frau im vorherigen Raum trug auch sie einen weißen Kittel.

Ohne Umschweife sagte sie mir: „Stellen Sie es sich nicht als so ein Vergnügen vor, in ihrer Nähe zu leben. Sie ist auf ihre Art äußerst schwierig. Zudem gibt es eine medizinische Vorgeschichte, die wiederum eine Vorgeschichte hat, von der noch nicht einmal sie selbst etwas weiß, was das ganze nur noch komplizierter macht."

Etwas gereizt, aber doch neugierig, fragte ich: „Was soll das bedeuten?"

Sie sah mich fest an und sagte: „Das bedeutet, dass sie nicht auf die Art liebt, wie Sie es tun. Sie kann nicht so lieben. Sie liebt anders, es ist schwieriger, ihre Liebe zu spüren, Sie müssen es erst lernen. Wenn es zwischen Ihnen funktionieren soll, werden Sie ein Gespür dafür entwickeln müssen. Sie werden sich den Geist verfeinern müssen. Abgesehen davon macht sie sich nicht besonders viel aus überwiegend körperlichen Erlebnissen."

Ich sagte ihr ehrlich: „Für mich klingt das nicht nach einem Nachteil."

Die Frau fuhr unbeirrt fort: „Stellen Sie es sich nicht so einfach vor. Sie hat ihre Phasen. Manchmal länger, manchmal kürzer. Sie werden sie manchmal nicht wieder erkennen. Sie werden glauben, sie sei eine andere. Sie wird nichts mit Ihnen zu tun haben wollen. Sie wird untröstlich sein und auch nicht getröstet werden wollen. Sie kann sehr hart sein. Sie kann sehr kalt sein."

Ich unterbrach sie: „Wissen Sie was, ich will das gar nicht wissen. Ich will das selbst erleben. Dann werden wir ja sehen. Und wer sagt Ihnen überhaupt, dass ich sie mir einfach und unkompliziert wünsche? Vielleicht ist nichts von dem verkehrt für mich. Vielleicht ist sie gerade, weil sie schwierig ist, die Richtige für mich."

Ihre Augen musterten mich verborgen von ihrem lächelnden Mund. Sie lehnte sich zurück und fällte ihr Urteil über mich: „Sie sind selbst sehr schwierig. Es ist sehr schwer mit Ihnen auszukommen. Auf den ersten Blick denkt man es gar nicht, aber Sie sind ihr sehr ähnlich." Sie schüttelte missmutig den Kopf und fügte hinzu: „Mag sein, dass es gerade deswegen funktioniert, vielleicht sind sich ausgerechnet diese beiden kompliziert geschnittenen Puzzleteilchen, die mit kaum etwas kompatibel sind, gegenseitig die Ergänzung. Ich habe jedenfalls meinen Teil getan und Ihnen gesagt, was ich Ihnen zu sagen hatte. Mag sein, es sind dies gerade die Art Schwierigkeiten, die Ihnen gefallen, und deswegen sind es für Sie keine Schwierigkeiten. Aber falls es nicht so ist: Ich habe Sie gewarnt. Ich meine, es ließe sich einfacher leben. Aber das ist Ihre Sache, Sie können gehen, es steht Ihnen frei, welche der drei Türen Sie nehmen." Mit einem Zucken ihres Kopfes wies sie auf drei Türen in ihrem Rücken.

Angesichts der ungewohnten Entscheidungsfreiheit zögerte ich. „Führen alle drei Türen ins Freie?"

„Nein", antwortete sie streng und verließ den Raum durch eine Tür, die sie hinter sich verschloss.

An den Türen standen unterschiedliche Zahlen. Nach kurzem Zögern ging ich durch die, an der die Zahl 24 stand.

7. Tür

Ein Mann in einem leichten, hellgrauen Anzug stand mit dem Rücken zu mir und schaute aus dem Fenster ins Freie, beobachtete goldenes Laub, das von den Bäumen fiel. Anscheinend hatte er mein leises Eintreten bemerkt, denn er fing ohne sich umzudrehen an, wie in Gedanken mit sich selbst zu mir zu sprechen: „Sie stellen sich das alles so einfach vor. Sie kommen hierher, nennen Ihren Wunsch, wir klatschen dreimal in die Hände, und schon ist es geschehen. Zugegeben, manchmal geht es so. Doch nicht in diesem Fall. Sie müssen mithelfen, Sie müssen sich klug verhalten. Schließlich wollten Sie erst nicht und haben alle Schwierigkeiten damit überhaupt erst angezettelt. Aber es freut mich, dass Sie doch noch zur Einsicht gekommen sind. Also lassen Sie es uns zu einem sauberen Abschluss führen."

„Nur zu gern", antwortete ich im Raum stehend.

„Sie haben Glück. Sie besitzen die meisten, wenn auch nicht alle, der Eigenschaften, die die von Ihnen genannte Frau sich bei einem Mann wünscht. Das ist auch der Grund, weswegen wir Sie früher schon ausgewählt hatten. Sie lehnten zwar ab, weil Sie die Frau noch nicht kannten, waren aber klug genug, von da an einige störende Gewohnheiten aufzugeben und eine andere, passendere Einstellung anzunehmen, um sich eine Möglichkeit offen zu halten. Das kommt Ihnen jetzt zugute, aber Sie müssen ein klein wenig Geduld haben, Sie müssen ihr die Gelegenheit geben, sich die nötige Rahmensituation zu schaffen. Das bedeutet in erster Linie, dass ein wichtiger Prozess, auf den Sie keinen Einfluss haben, sich im Leben dieser Frau erst bis zu einem gewissen Grad vollziehen muss, ein Prozess der sich in entscheidenden Schritten ihrer Berufsausbildung spiegeln wird. Auf gar keinen Fall dürfen Sie in dieser Zeit eingreifen. Ich rate Ihnen, suchen Sie sich eine bequeme Position, strecken Sie sich behaglich aus und warten Sie einfach ab. Das meiste, was Sie tun können, haben Sie bereits getan. Es ist Ihnen vielleicht nicht mehr bewusst, aber bei einem früheren Treffen haben wir Ihre eigene Entwicklung bereits in die richtige Bahn gelenkt. Was heute hier stattgefunden hat, und Ihnen vielleicht bedeutend erscheint, ist nicht viel mehr, als eine kleine Korrektur dicht unter der Oberfläche. Jetzt ist für Sie die Zeit des Nicht-Handelns gekommen. Ich weiß, gerade dies ist schwer für Sie. Kehren Sie zurück und kümmern Sie sich nur um den kleinen Radius, der Sie umgibt. Alles, was weiter als zehn Meter von Ihnen entfernt ist, hat Sie im Moment nicht zu interessieren. Auf dem Schreibtisch liegt ein Liste, die ich Ihnen vorbereitet habe, kleine Vorschläge zu Ihrer Beschäftigung."

Ich ging die zwei Schritte zum Schreibtisch und nahm mir das einzige Papier von dort, überflog es kurz und musste irritiert nachfragen: „Dies ist die Liste? Da stehen Dinge drauf wie 'Wasche häufiger ab', 'Werfe alles Überflüssige fort und streiche einen Raum deiner Wohnung neu', 'Mache regelmäßig Sport', 'Verbessere deine Aussprache'."

Der Mann am Fenster wandte mir noch immer den Rücken zu, und ich war mir sicher, dass er still in sich hineinlachte als er antwortete: „Ja, das ist die richtige Liste. Seien Sie froh, bei anderen schreibe ich Sachen wie 'Durchquere das Große Wasser'. Sie sind im Moment gut positioniert, wir müssen versuchen, Sie bis zum entscheidenden Zeitpunkt dort zu halten. Davon abgesehen, unterschätzen Sie nicht die kleinen Dinge, auch die können große Auswirkungen hervorbringen oder dazu führen, dass etwas anderes nicht stattfindet. Etwas nicht stattfinden zu lassen, ist häufig schwieriger, als Großes zu bewirken. Seien Sie froh, nehmen Sie die Liste, beschäftigen Sie sich damit, Ihr Zuhause aufzuräumen, und warten Sie einfach ab!"

„Können Sie mir sagen, wie lange ich warten muss?", fragte ich ihn.

„Das könnte ich, aber ich möchte nicht, denn auf ein überraschendes Ereignis wartet es sich ganz anders, als auf einen bestimmten Zeitpunkt. Aber ich kann Ihnen versichern, es ist absehbar."

„Und dann?", fragte ich erfreut und neugierig.

„Dann geht alles ganz schnell. Sobald sich bei ihr der entscheidende Schritt vollzogen hat, wird sie alles anders bewerten, es ist, als wird ihr eine Binde von den Augen genommen, als werde sie von alten Fesseln befreit. Dann ist es ihr egal, was andere sagen, dann hält sie nichts mehr auf, dann kommt sie sofort."

„Wie wird es sein, wie begegnen wir uns wieder?", fragte ich begeistert weiter.

„Ich würde es Ihnen nicht verraten, wenn ich nicht wüsste, dass Sie es gleich wieder vergessen", antwortete er und wandte sich endlich zu mir um. Er hatte ein junges Gesicht und ich konnte sehen, dass es ihm Freude bereitete, mir etwas Gutes sagen zu können: „Eines Tages werden Sie um eine Häuserecke gehen und mit ihr zusammenstoßen."

„Wir werden zusammenstoßen? Und was passiert dann?"

Der Mann im grauen Anzug sah mich belustigt an und schüttelte den Kopf: „Was wollen Sie denn noch alles wissen? Fast könnte man meinen, ich rede mit einem kleinen Jungen. Sie stoßen zusammen und dann ergibt sich eines aus dem anderen. Alles wird gut, sie werden und bleiben ein glückliches Paar."

Angesichts meines so plötzlichen erfüllten Wunsches standen mir die Tränen in den Augen, und ich murmelte: „Danke, das ist wirklich sehr nett von Ihnen."

Er erwiderte aufrichtig: „Das haben wir doch gern gemacht" und reichte mir ein Kärtchen mit den Worten: „Ich gebe Ihnen meine Nummer mit." Dann brachte er mich bis zur Tür, öffnete sie, sie ging ins Freie, wir schüttelten uns still lächelnd die Hände, umarmten uns für einen Moment, und ich verließ das Gebäude in eine reine, herbstliche Luft, überglücklich.

Als ich am nächsten Tag sehr spät aufwachte, fand ich neben meinem Bett eine kleine Karte auf der stand: '37 multipliziert mit 24'.

(Oktober 2004)

ES Ist ein Haus im Freien voller Wind

Dort ist kein Innen wie kein Außen

Und wo Fensterläden alles flattert

-       Selbst wer nur liegt da ohne

Einen Flügel.

(1995)

Zahlengebäude

1. Die Vorhalle

Sie stieg die breite Außentreppen empor, schenkte den hohen steinernen Säulen rechts und links für einige Sekunden ihre Beachtung, verglich ihren Eindruck mit der Architektur des Daches, registrierte mit einem Nebengedanken, dass der Baustil sich nicht eindeutig zuordnen ließ und doch von ausgesprochener Harmonie war, verschwendete keine weiteren Überlegungen darauf und betrat das Gebäude entschlossen durch die weit geöffneten Flügel des Haupttores. Am Hall ihrer Schritte in der hohen, schlecht beleuchteten Eingangshalle erkannte sie Wände aus glatt geschliffenem Stein, die vermutlich aus dem gleichen Material waren wie der Fußboden. Sie blieb kurz stehen, um sich zu orientieren. In diesem Moment löste sich aus der Tiefe des Raumes ein Mann und kam ihr entgegen. Seine Kleidung, die Art sich zu bewegen, seine zuvorkommende Miene oder auch nur der mehrarmige Kerzenleuchter in seiner Hand, ließen sie unwillkürlich an einen Diener mit guter Reputation denken. Er verbeugte sich leicht und fragte: „Benedicta Merchant, nehme ich an?" Sie zögerte, weil sie überrascht mehrere Dinge gleichzeitig feststellte: zum einen konnte sie ihren Namen nicht erinnern, zum anderen wusste sie nicht, von welchem Ausgangsort sie so zielstrebig hierher gekommen war, und obwohl der eben ausgesprochene Name nach ihrer schwachen Erinnerung nicht ihrer war, gefiel er ihr, sogar sehr. Noch bevor sie sich zu einer Antwort durchringen konnte, sagte der Mann: „Wir werden Sie so nennen, denn ich glaube, der Name gefällt Ihnen. Wenn Sie mir bitte folgen wollen, Sie werden bereits erwartet." Da es ihr nicht wichtig schien, etwas zu sagen, und die Tatsache, dass sie erwartet wurde, ihrem Weg einen Sinn gab, folgte sie ihm bis zu einer Tür über die in römischen Zahlen '37' in den Stein gemeißelt war. Er öffnete ihr, ließ sie eintreten und zog die Tür von außen leise wieder zu.

2. Der Raum 37

Der Boden war mit feinem, hellem Sand bedeckt, eine Menge tropischer Pflanzen wuchsen in dem Raum, und ein fröhliches Zwitschern und Flattern bunter Vögeln war in der Luft. Verwundert sah Benedicta sich um, der Raum war so sehr lichtdurchflutet, dass es ihr fast vorkam, als stünde sie in einem Garten im Freien. Erfreut sah sie einige Minuten den kleinen Papageien zu, bis sie in einem Korbstuhl hinter einem Palmengewächs eine alte Frau mit langen grauen Haaren vor sich hin dösen sah. Die junge Frau erinnerte sich, dass sie mit einer Absicht hierher gekommen war und rief zaghaft „Hallo".

Die Grauhaarige schlug die Augen auf, lächelte ihr zu und sagte, als spräche sie mit ihrer kleinen Enkelin: „Benedicta, wie schön, dass du gekommen bist. Komm her, setz dich zu mir."

Benedicta zog sich die Schuhe aus und ging barfuss wie durch Dünen an Gewächsen vorbei zu der alten Frau, stellte die Schuhe ab und setzte sich mit geradem Rücken, leicht vorgestreckten Schultern und zwischen den Knien gefalteten Händen in den Korbstuhl ihr gegenüber. Sie spürte, wie der Blick der Alten gutmütig auf ihr ruhte, dann beugte diese sich vor, legte ihre Hände um Benedictas Hände und sagte: „Nenne mir jetzt deinen Wunsch!"

Die junge Frau war auf die Frage vorbereitet und antwortete: „Ich möchte schön sein, Erfolg und Anerkennung in meiner Arbeit haben und einen guten Mann."

Die alte Frau lachte vergnügt. „Das sind drei Wünsche, ich habe dich nur nach einem gefragt." Sie sah Benedictas irritierten Gesichtsausdruck und fuhr heiter fort: „Jedoch, schön bist du schon und bleibst du auch, da müssen wir gar nichts tun. Die Anerkennung in deiner Arbeit erreichst du aus eigener Kraft, denn du bist klug und diszipliniert. Natürlich geht das nicht ohne Anstrengung, aber es lohnt sich nicht, deinen Wunsch darauf zu verschwenden. Was bleibt, ist der 'gute Mann'. Da kann ich vielleicht etwas für dich tun. Sag mir mehr, wie soll er sein?"

Benedicta schwieg verlegen, denn auf diese Frage war sie nicht vorbereitet, und sie vermochte diesen Teil ihres Wunsches nicht deutlich zu formulieren. Wieder lachte die alte Frau, ließ ihre Hände los, stand auf, ging zu einer nahen Pflanze, von der sie eine kleine Frucht pflückte, während sie mit einem Papageien scherzte, der ihr Tun von einem Zweig neugierig beobachtete. Dann setzte sie sich wieder und gab der jungen Frau die Frucht. „Iss das. Es wird dir schmecken und dir helfen, deinen Wunsch zu formulieren."

Benedicta vertraute der alten Frau, und sie aß die kleine Frucht, die nicht größer als eine Walnuss war, mit sehr kleinen, vorsichtigen Bissen. Kaum hatte sie alles heruntergeschluckt, begann sie zu reden und fühlte sich selbst als Zuhörerin dabei: „Ich bin schon einem flüchtig begegnet, so sollte er sein. Und groß soll er auch noch sein, blaue Augen muss er haben, erfolgreich, wohlhabend und beliebt sollte er sein, ein Ritter auf einem weißen Pferd, der mich mit sich nimmt, der rücksichtsvoll und einfühlsam ist, sehr sensibel muss er sein, stark, mutig und romantisch wünsche ich ihn mir, gut gebaut und sportlich, ein Künstler, am Besten von einem Theater, der mich über alles liebt und immer treu bleibt, dem ich die Muse bin und um den mich alle beneiden, der unkonventionell ist, den meine Eltern mögen und der liebevoll mit unseren Kindern ist und viel Zeit für sie hat." Der Redefluss riss ab. Benedicta schwieg überrascht von ihren eigenen Worten.

Die Alte ergriff wieder ihre Hände und sah sie an, diesmal ernst: „Benedicta, das geht nicht, diesen Wunsch kann ich dir nicht erfüllen, dieser Wunsch lässt sich nicht erfüllen, denn es gibt auf der ganzen Welt keinen Mann, der all diese Eigenschaften in sich verbindet. Und außerdem hast du das Wichtigste, das einen guten Mann ausmacht, vergessen."

Benedicta löste ihre Hände aus denen der Alten, zog ihre Schultern zurück und sagte trotzig: „Ich will es aber. Ich bin hier, um mir meinen Wunsch erfüllen zu lassen. Ich habe nicht diesen schwierigen Weg auf mich genommen, um dann vertröstet zu werden."

Die alte Frau hatte sich in ihrem Korbstuhl zurückgelehnt und beobachtete Benedicta nachdenklich. Dann begann sie mit einem Papageien zu spielen, der auf ihrer Schulter gelandet war und ihr am Ohr zupfte, schien Benedicta keine Beachtung mehr zu schenken, bis sie schließlich kühl sagte: „In Raum

Nummer 18 ist jemand, der dir deinen Wunsch erfüllen kann. Hinter der Tür dort hinten beginnt ein abschüssiger Gang. Folge ihm und klopfe dreimal an die Tür an seinem Ende."

Von der plötzlichen Missachtung verärgert stand Benedicta auf und entfernte sich in Richtung der Tür, auf die die Alte gewiesen hatte. Sie hatte sie beinah erreicht, als die Grauhaarige ihr besorgt hinterher rief: „Vergiss nicht deine Schuhe! Du darfst auf gar keinen Fall ohne Schuhe an den Füßen dort hingehen!"

Sie hatte in der plötzlichen Eile ihre Schuhe neben dem Korbstuhl vergessen, ging noch einmal zurück und nutzte die Gelegenheit, ihrer Gesprächspartnerin einen versöhnlichen Blick zuzuwerfen.

Die sah das und erwiderte es mit einer milden Ermahnung: „Sei vorsichtig Benedicta. Der Mann in diesem Raum tut nichts ohne Gegenleistung."

„Kann er mir meinen Wunsch erfüllen?"

„Ja, das kann er", seufzte die alte Frau, „er ist der einzige in diesem Gebäude, der dir diesen Wunsch erfüllen wird."

„Dann werde ich hingehen", sagte Benedicta, ging bis zur Tür, zog ihre Schuhe wieder an und verließ den Raum.

3. Der Raum Nummer 18

Der Gang fiel steil ab, war schlecht erleuchtet und erfüllt von einem süßlichen Geruch fortschreitender Verwesung. Auf dem Boden lagen weiche Klumpen. Als ihre Augen sich ein wenig an die Dunkelheit gewöhnt hatten, erkannte sie abgetrennte Gliedmaßen. Sie erschrak, fasste sich wieder und bemühte sich, nicht darauf zu treten. Die Wände waren aus großen Steinen zusammengesetzt, feucht und moosbewachsen. Nach einigen hundert Metern endete der Gang an einer schweren, eisenbeschlagenen Holztür. Sie klopfte zaghaft dagegen und war schon sicher, nicht gehört worden zu sein, als von innen eine freundliche Stimme „Herein" rief. Sie drückte mit aller Kraft die schwere Tür auf. Der gleiche Geruch wie schon im Gang hing in dem Raum. Auf dem Boden lagen erschöpfte Leiber, die kaum zerstückelt waren. Die jeweils fehlenden Hände oder Füße lagen nur wenig entfernt. Hier war es etwas heller, das Licht kam von einer kleinen Lampe, die an einem plumpen Schreibtisch befestigt war. Davor stand ein Mann, der ganz in weiße Tücher gehüllt eine Eleganz ausstrahlte, die ihm im Kontrast mit der Umgebung die Aura des Geheimnisvollen verlieh. Er begrüßte sie mit warmer, einnehmender Stimme: „Benedicta Merchant, nehme ich an?"

„Ja, die bin ich", antwortete sie schüchtern.

„Wie schön, dass Sie zu mir gekommen sind und sich nicht von Gerede haben abhalten lassen."

Seine Stimme verlieh ihr etwas Halt zwischen den verstörenden Umständen des Raumes, und sie traute sich zu fragen: „Was ist mit den Verletzten am Boden? Müssen die nicht dringend versorgt werden?"

Er lachte ein warmes Lachen zwischen strahlend weißen Zähnen und erklärte dann: „Es ist mit denen nicht, wie es scheint, die sind bereits versorgt, sehr gut versorgt sogar, Frau Merchant, bei mir geht keine Hand, kein Fuß und auch sonst nichts verloren. Schauen Sie sich ruhig genauer um."

Sie sah überrascht, wie einer seine Hand vom Boden aufhob, sie sich wieder anfügte und den Raum verließ. „Wie kann das sein?", fragte sie erstaunt.

„Hier fehlen denen Körperteile für eine gewisse Zeit, woanders sind sie dafür sehr erfolgreich, und dann wechseln die immer wieder zwischen hier und dort. Was ist schon dabei? Es mag Ihnen jetzt noch etwas undurchsichtig und beunruhigend erscheinen, aber mit der Zeit werden Sie feststellen, Frau Merchant, dass gerade wir beide gut zusammenarbeiten können. Wissen Sie eigentlich, dass Sie eine außergewöhnlich schöne Frau sind?"

„Danke", sagte sie verlegen und senkte den Blick.

Er lächelte ihr zu. „Kommen Sie mit in den Nebenraum, dort ist es etwas freundlicher, wir wollen uns da um die Erfüllung Ihres Wunsches kümmern." Er führte sie in ein angeschlossenes Separee mit einem kleinen Sofa und einem weiteren Schreibtisch, auf dem ein einziges Papier lag. „Machen wir es kurz, ich werde Ihnen Ihren Wunsch erfüllen, ich bin bereits informiert. Sie wollen Schönheit, Erfolg und einen Mann. Einen Mann, der groß ist und blaue Augen hat, einer der wohlhabend ist und beliebt, einen Ritter auf einem weißen Pferd, einen Bühnenkünstler, einen der treu ist und so weiter. Ich habe das alles schon aufschreiben lassen und einen Vertrag vorbereitet." Er nahm das Papier vom Schreibtisch und gab es ihr: „Lesen Sie es sich in Ruhe durch."

Sie überflog die Zeilen, fand dort ihren Wunsch wieder und davor den Satz: „Ich werde Benedicta Merchant folgenden Wunsch erfüllen:". Am Ende stand der Zusatz: „Darüber hinaus werde ich sie

noch schöner machen als sie schon ist und ihren zu-
künftigen Erfolg vergrößern." Es fehlten nur noch
die Unterschriften. „Der Vertrag scheint in Ordnung
zu sein, er ist mehr als großzügig", sagte sie nachdenklich. Ihr fielen die mahnenden Worte der alten
Frau wieder ein, und sie fragte: „Was ist denn der
Preis für die Erfüllung meines Wunsches, davon
steht gar nichts im Vertrag."

Der Mann trat vor sie, sah ihr tief in die Augen und
sagte mit weicher, suggestiver Stimme: „Der Preis
wird hier und jetzt gezahlt. Der Vertrag erhält seine
Gültigkeit, sobald wir beide unterschrieben haben.
Sie unterschreiben jetzt. Dann ziehen Sie sich aus,
wir löschen das Licht, und ich nehme mir eine Stunde lang von Ihnen, was ich will. Ich versichere Ihnen, Ihr Körper bleibt davon unversehrt. Danach
unterschreibe ich."

Benedicta stockte der Atem, sie errötete. „Das kann
ich nicht tun."

„Dann vergessen Sie Ihren Wunsch und ich vernich-
te den Vertrag", erwiderte der Mann im weißen Ge-
wand kühl.

Sie schloss die Augen, alles drehte sich ihr. Ihre sto-
ckende Stimme schien kaum ihr selbst zu gehören:
„Meine Schuhe werde ich aber nicht ausziehen."

„Deine Schuhe kannst du ruhig anbehalten." Dann
löschte er das Licht.

Eine Stunde später verließ sie wie besinnungslos den
Raum mit dem Vertrag in der Hand.

4. Der Raum Nummer 13

„Sie hat unterschrieben, sie hat unterschrieben",
raunte es von den Wänden. Ein kleines Mädchen

kam ihr entgegen gelaufen und fragte: „Hast du unterschrieben?"

„Ja, ich glaube", sagte Benedicta schwach und schaute auf das Papier. Da stand in rot und von ihrer Hand geschrieben 'Benedicta Merchant' und daneben in einer anderen Schrift '37 mal 18'. „Das soll seine Unterschrift sein? Er hat nicht unterschrieben, er hat mich betrogen", schluchzte sie verzweifelt.

Das kleine Mädchen warf einen kurzen Blick darauf: „Doch, das ist seine Unterschrift. Ihr beide habt den Vertrag unterschrieben. Das ist schlecht. Komm mit mir."

Sie nahm Benedicta an die Hand und erst jetzt sah die, dass sie sich in einem riesigen Baderaum befand, in dessen Marmorfußboden verschiedene Becken und Wannen eingelassen waren, aus denen es dampfte und der Geruch von Kräutern aufstieg. Die Kleine führte sie bis zu einer Wanne und forderte sie auf, hinein zu steigen. Dann verließ das Mädchen den Raum und eine blonde junge Frau in einem ähnlichen Alter wie Benedicta kam, setzte sich an den Wannenrand und begann, sie wortlos mit Bürsten und Schwämmen abzuseifen. Benedicta schloss die Augen und ließ die Prozedur über sich ergehen. Als sie glaubte, fertig gewaschen zu sein, wurde sie in das nächste Becken geführt und mit anderen Kräuterextrakten erneut gewaschen. Dieser Vorgang wiederholte sich wieder und wieder. Irgendwann sah Benedicta, dass auf der Schulter der blonden Frau ein kleiner, bunter Papagei saß, und sie lächelte matt.

Die andere sah es, legte die Schwämme beiseite und stellte fest: „Du bist jetzt wieder sauber. Aber du hast den Vertrag unterschrieben, und er hat dir etwas genommen. Beides ist nicht wieder rückgängig zu machen."

„Aber ich will den Vertrag gar nicht wieder rückgängig machen", widersprach Benedicta, „zur Erfüllung dieses Wunsches bin ich hierher gekommen."

Die Blonde warf ihr einen ernsten Blick zu. „Der Vertrag garantiert dir einen großen Mann mit blauen Augen, der erfolgreich ist, danach einen anderen, der Bühnenkünstler ist, dann wieder einen anderen und so weiter. Wir haben dir vorher gesagt, dass es keinen gibt, auf den alle Eigenschaften zutreffen. Davon abgesehen hast du bei der Formulierung deines Wunsches auch nicht bedacht, was einen guten Mann ausmacht. Keiner von denen, die dir vertraglich der Reihe nach zugestanden sind, hat das Entscheidende."

„Was ist es denn, was einen guten Mann ausmacht?", fragte Benedicta verwirrt.

„Es ist nicht eine Eigenschaft, die er besitzt, sondern etwas, dass von dir selbst ausgeht. Ein guter Mann für dich ist der, den du liebst. Alles andere wird passend von da aus und dadurch. Und da liegt der Haken des Vertrages: Keinen der Männer, die dort genannt sind, wirst du lieben. Sie werden zwar bereit sein, alles was sie können für dich zu tun, das wird dir vielleicht schmeicheln, aber sie lassen dich alle kalt."

„Dann bin ich also doch betrogen worden", sagte Benedicta bitter. „Was hat er denn mit mir gemacht, was habe ich dafür gegeben? Ich kann mich an nichts mehr erinnern."

Die andere Frau plätscherte mit ihrer Hand im warmen Wasser und sagte leise: „Er hat dir dein Herz genommen und dein Gefühl. Damit hat er es dir unmöglich gemacht, den Richtigen noch zu finden, denn woran solltest du ihn jetzt noch erkennen können?"

Ein Frösteln durchlief Benedictas Körper in der warmen Wanne, und sie spürte, dass die andere die Wahrheit gesagt hatte.

Die sprach leise weiter: „Darüber hinaus hat er dich so begehrenswert gemacht, dass unzählige Männer bereit sein werden, alles zu geben, nur um eine gewisse Zeit mit dir erleben zu dürfen. Sie werden ihm alle Körperteile dafür verkaufen und am Ende noch die Seele. So hat er dich zu seinem brauchbarsten Werkzeug gemacht, zu seinem Köder, und du erhältst nichts dafür außer Zuneigung und Geschenke von Menschen, die dir nichts bedeuten."

„Lässt sich der Vertrag rückgängig machen?"

„Verträge mit ihm lassen sich nicht rückgängig machen. Aber diesmal haben wir vorgebeugt, wir haben ihn mit seinen eigenen Waffen überlistet. Denn wir haben dir beim Eintritt in dieses Gebäude einen falschen Namen gegeben, einen Phantasienamen von dem wir wussten, dass er dir gefällt, und den du deswegen akzeptieren würdest. Du hast unter den Vertrag einen falschen Namen geschrieben, damit ist er ungültig."

Benedicta schaute sie mit großen Augen an: „Aber das ist ja wunderbar, dann ist wenigstens das ungeschehen gemacht."

Die Blonde runzelte die Stirn. „Sagen wir, der Schaden ist begrenzt worden, eine gewisse Nachwirkung des Vertrages lässt sich trotz des falschen Namens nicht ganz verhindern." Dann nahm sie ein Korn aus dem Schnabel des kleinen Papageien, gab es Benedicta und sagte: „Schlucke es herunter!"

Die nahm es zwischen Zeigefinger und Daumen, betrachtete es kurz, sagte erstaunt „ein kleines Korn", steckte es sich in den Mund und schluckte es herunter.

Die blonde Frau kraulte den Vogel am Kopf und erklärte: „Irgendwann wird das Korn keimen und daraus wächst dir ein neues Herz, sehr langsam, es braucht seine Zeit. Eine kleine, zarte Pflanze, mit der du sehr vorsichtig umgehen musst."

Und dies war der erste Moment seit ihrem Eintritt in das Gebäude, an dem Benedicta ein stilles Glück empfand. Sie sagte leise „Danke". Dann dachte sie eine Weile nach und fragte: „Welches ist mein wahrer Name?"

Die andere nahm sie bei der Hand, half ihr aus der Wanne, führte sie zu einem Becken mit eiskaltem, klaren Wasser, bestand darauf, dass sie hineinsteige, drückte ihren Kopf ohne Vorwarnung unter das Wasser und sprach als sie wieder auftauchte: „Ich taufe dich auf den Namen 'Indra'."

(November 2004)

Wechselhaftes Wetter

Im Blau des Himmels hängen graue Wolken lücken-
los, so ist es finster, auch fällt ein Regen. Ohne Ta-
geszeit ist fast kein Licht in der Stadt, stattdessen
Kälte. Darüber ist eine Brücke aus Stein gespannt,
darunter fließt ein Fluss, und auf der Brücke gehen
Menschen. Ihre Absichten sind vielfältig, im Moment tragen alle Regenschirme. Einen bricht der
Wind, aber ehrlich gesagt war die Frau schon vorher
nass, und ihre Wut ist nicht nur durch das Wehen.
Ihre Einkaufstüten sind doppelt schwer von der un-
geschickten Verdrossenheit ihres Tragens, der Ärger
steht ihr nicht, darum schaue ich weg, hoch zum
Himmel, da sind jetzt schon ein paar Wolken weg-
genommen.
Wenig später ist alles wieder blau, die Menschen
haben ihre dunklen Regenüberwürfe abgetan und
gehen in heller Kleidung fröhlich plaudernd und
heiter gestikulierend unter den verspielten Rotatio-
nen ihrer leichten, bunten Sonnenschirmchen durch
die Straßen der Stadt. Die Frau hat ihren Einkauf
kurz abgestellt, um sich die nassen Haare aus dem
Gesicht zu streichen. Dann setzt sie ihren Weg fort,
balanciert ihre Beutel mit Anmut über die Brücke
von drei lachenden Kindern umringt, die angelockt
sind von ihrer strahlenden Frische, den schönen Augen oder den Süßigkeiten in ihren Taschen.

(1994, 2004)

Teerose und Brombeer

Hinter einer Dornenhecke aus schlechter Erfahrung, guter Erziehung, Erwartung anderer, übler Nachrede und in der Hitze des Augenblicks leichtfertig gegebener Versprechungen liegt eine schöne, junge Frau in einem tiefen Schlaf. Sie träumt von einem Tag, an dem das Licht der Sonne die hohe, finstere Hecke durchdringt, sie erwacht, die Fenster aufstößt, Vögel singen hört, einen tiefen Atemzug reiner Luft nimmt, die Treppe herunter eilt und in das Freie des Gartens läuft, der dann von keiner Dornenhecke mehr begrenzt ist. Von diesem Traum ist ein leichtes Lächeln auf ihrem Mund, das niemand sieht in der von Neid und Vorschriften vergifteten Finsternis ihres Gemaches.

An einer anderen Stelle der Stadt trägt ein Mann in seiner Tasche blankpolierte Prismen, Werke der Farbenlehre und verschiedene, kleinere Dinge, deren Sinn sich dem Laien entzieht. Er ist Farbbeschreiber, nicht selten werden seine Dienste in Anspruch genommen. Ihm dient diese Arbeit zur Übung. So bereitet er sich vor, im richtigen Moment am richtigen Ort all das in Farben verstreute Licht der Sonne in ein Weiß gebündelt derart zu reflektieren, dass der Strahl die Dornenhecke durchdringt und in das Gesicht der Schlafenden fällt, wovon sie erwacht und die Fenster aufstößt.

Aus den mickrigen Resten der Dornenhecke kultivieren sie später gemeinsam Teerosenbüsche und Brombeersträucher.

(November 2004)

Planeten weinen rhythmisch. Oder ist es Singen?
Wie ist den alten Göttern, die lange schon gleichwie
als Uhrwerk kreisen? Es ist kalt, so sind sie schon
ganz Stein, drum herum ein Nichts und ein Dunkel.
Spielt das für Götter eine Rolle? Wen interessiert
sein Sein, wenn er das Schicksal macht in immer
und währenden Ellipsen. Kreist der Gott nicht auch?
Und hat ihn jemals oder jemand darum klagen hören?
Ist es Weinen oder Singen? Wahr ist beides nicht,
denn könnte ich es verstehen?

(1995)

Von Zahnrädern

Es gibt Zahnräder, die verbiegen unter der Leistung, brechen und fallen kaputt aus der Maschinerie auf den Boden. Dort zerrosten sie allmählich und unbeachtet.

Es gibt Zahnräder, die lösen sich in einer plötzlichen Spannung, springen aus der Verankerung und schießen als gefährliches Geschoss durch den Raum. Meistens zerbersten sie sinnentleert an den festen Wänden.

Und es gibt Zahnräder, die fügen sich der schicksalhaften Maschinerie und bleiben Zahnrad und immer an ihrem vorherbestimmten Platz.

(1995)

Das Reh

ist ein zartes Geschöpf mit schönen, großen Augen, dass sich mit anmutiger Scheu durch das Unterholz tastet, um hier und da an einem frischgrünen Zweiglein zu knabbern.

Bei jedem plötzlichen Laut wechselt es mit einem nervösen Sprung die Richtung und läuft davon. Danach ist es wochenlang nicht mehr zu sehen.

(2004)

Das Nashorn

ist, im Gegensatz zu Ziegen, Rindern oder Büffeln, ein Einhorn. Es ist ein standfestes Tier mit einer unerschütterlichen Ruhe, denn es braucht keinen Feind zu fürchten.

Wird ihm der Weg versperrt, macht es meist nicht von seiner schwer gepanzerten Stoßkraft Gebrauch, sondern legt sich in den Staub und beginnt mit nach innen gekehrtem Lächeln ein Träumen, dass es solange in Einklang mit der Umgebung bringt, bis es wieder aufwacht, sich die kleinen Augen reibt und feststellt, dass der Weg frei ist.

Es hat einen ausgeprägten Familiensinn, bewundert die Anmut und schämt sich ein wenig für eigene plumpe Ungeschicklichkeiten, besitzt aber genügend Humor, um darüber lachen zu können.

(2004)

Vorzeigekatze

Der Kater klopft am Abend an

Mir den Fortgang seines Sterbens

Vorzuzeigen

(1994)

Der Geier

Der Geier ist ein großer Vogel in einer Landschaft von klarem Licht. Ihm haftet etwas Urtümliches an, das sich vielleicht durch seine Abstammung oder das hohe Alter erklären lässt. Kopf und Hals sind kahl und von einer zäh ledernen Haut, die scharfe, schattenverstärkte Falten wirft. Eine haselnussgroße Unebenheit erhebt sich im Zentrum der Schädelplatte und unterstreicht die Hässlichkeit der Erscheinung. Schnabel und Krallen sind graugelb, groß und stumpf. Der obere Schnabelteil überragt den unteren und beschreibt die raubvogeltypische Krümmung des Horns. In sich scheint der Schnabel verzogen zu sein, seine Oberfläche ist rau durch ungleichmäßige Abnutzung. Die kleinen Augen sind von einer dünnen, bläulichen Hornschicht überzogen und wahrscheinlich blind. Sie sind es, die die Assoziation zu einem Reptil wecken. Der mit knotigen Anwüchsen bedeckte Hals ist hakenförmig gewachsen als graurosa Sehnenschlauch bis in den vorgeblich plumpen Leib, der tatsächlich mager ist, was man wegen der staubigen, zerfransten und ausgeblichenen Federn nicht auf den ersten Blick erkennen kann. Im Gegensatz zum kahlen Schädel ist der Körper verschwommen, wohl wegen der unregelmäßigen Oberfläche, zumal das Gefieder in ständiger Bewegung ist, und sei dies nur die allerkleinste, wie sie beispielsweise ein Windhauch hervorruft. Allerdings ist Wind in dieser kargen Gegend selten, und wenn er aufkommt, trägt er Unmengen von Staub mit sich, der jedem Beobachter augenblicklich die Sicht nimmt. Die Augen des Geiers sind davor geschützt.

Die ewige, nachtlose Hitze macht dem Leichenfledderer nichts aus, denn wenngleich er ein Vogel ist, ist er doch auch Kaltblütler. Da es hier weder Beute noch Aas gibt, hat sein Flug etwas sinnloses, ist mehr ein Flattern alter, kraftloser Flügel, die gebrochen wirken, wenn er sich auf einem Stück Geröll ausruht und sie verkrampft abspreizt. Sein hoher, dünner Schrei beklagt das Fehlen alles Lebensnotwendigen, und doch stirbt er nicht.

(1994)

Ameisenbau

Die Ameisen in meinem Kopf sind undiszipliniert. Sie haben das Leben im Stammesverband, das ehemals das Überleben aller sicherte, aufgegeben. Das führt dazu, dass die Schwächeren und weniger Einfallsreichen verkümmern. Sie verfaulen in den Ecken meines Hirnes und dienen als Dünger. So manch ein seltsames Kraut wuchs aus ihnen hervor und betäubt mich mit Gerüchen oder Nesselbeuteln. Ich suche diesen Schmerz in den Synapsen, er tut mir wohl und macht mich unnachgiebig. Die überlebenden Ameisen entspringen durchaus nicht alle einer Art.

Die gemeine Straßen- oder Stadtameise ist noch am seltensten vertreten. Dennoch ist sie nützlich, da auch die einzelne es nicht sein lassen kann aufzuräumen. So entsteht ein Minimum an Ordnung, auch wenn die eine bisweilen dort etwas wegräumt, wo die andere gerade einen wohlabgestützten Stapel aufgeschichtet hat.

Die größere, rote Waldameise verachtet die Straßenameise wegen ihrer erblich bedingten Pedanterie. Sie lebt lieber in den Tag hinein. Nicht selten fressen sie sich gegenseitig. Aus ihnen gewinne ich viele Informationen, die Schwierigkeit besteht nur darin, eine zu extrahieren. Dies ist nötig, da sie sich andernfalls ohne Zweifel widersprechen würden. Deswegen betäube ich sie manchmal alle, suche eine heraus, führe ihr reinen Sauerstoff zu und beobachte ihr Aufwachen. Um etwas zu erfahren, brauche ich dann nur noch ihre Bewegungen nachzuziehen.

Von ähnlicher Größe ist die mediterrane Dickkopfameise. Ihr mächtiger, schwarzer Kopf scheint den
ganzen Leib auszumachen. Wenn sie mir ihr ätzen-
des Gift in die Hirnwindungen injiziert, werde ich
schier wahnsinnig von einem nicht zu befriedigen-
den Verlangen. Tagelang gebe ich mich dann Aus-
schweifungen hin, die meinen Körper an den Rand
des Ruins treiben. Dadurch lernte ich jene Grenzen
kennen, von denen ich wünsche, ich hätte sie nicht
überschritten.

Unlängst sah ich auf einer Wiese eine große, kräftige
Ameisenart, die hatte Flügel. Ich fing drei Exempla-
re ein, beobachtete sie stundenlang im Glas und sann
auf eine Möglichkeit, sie im Gehirn anzusiedeln.
Den verstorbenen ägyptischen Pharaonen zog man
das Gehirn mit langen spitzen Haken aus der Nase.
Ich entschloss mich für den umgekehrten Weg,
nahm ein Wattestäbchen und bestrich das Innere
meiner Nasenlöcher mit feinem Sirup bis hoch ins
Hirn. Dann setzte ich die Flugameisen zwischen
Mund und Nase und ließ sie diese Spur verfolgen.
Sobald sie im Schädel waren, reinigte ich die Nase
und verstopfte sie neun Wochen lang mit handge-
schnitzten Pfriemen. So waren sie gezwungen, sich
im Inneren einzurichten.

Doch nun scheint das ganze Gleichgewicht gestört.
Ich kann sie nicht beobachten, ihr Fliegen, Flattern
ist viel zu schnell, und sie lassen sich nicht betäuben.
Schlaf ist nur noch selten möglich, mein Denken
wird mir unverständlich. Die Straßenameisen werden anscheinend von ihnen gefressen, von den
Waldameisen überleben nur wenige, die dann allerdings voll von neuen Raffinessen sind. Einzig die

Dickkopfameise scheint der neue Gast nicht zu stö-
ren, angeblich sollen sie sich sogar kreuzen. Mit
einer Mischung aus erwartungsvoller Unruhe und
tiefster Sorge erwarte ich die neue Rasse.

(1992)

Sprachgebäude

„Hinter Raum und Zeit beginnt die Bedeutung", dachte Paul, oder hatte er sich vielmehr als einen Satz ausgedacht. Paul mochte seinen erdachten Satz, dem hing so etwas Bedeutungsschweres an.

Paul konnte nicht hinter Raum und Zeit denken, aber er konnte die Worte so zusammenfügen, als ob. Pauls Standpunkt dazu war: Ein gut gemachtes „als ob" ist nicht schlechter als tatsächlich.

Ich stimme Paul nicht zu. Ich weiß nicht, was Raum und Zeit ist, ich kenne kein dahinter. Mein Sinn denkt: „Die Lüge schuf sich die Sprache als ihren Tempel."

(1998)

50

Formenmeere stürzen über mich

um jede Straßenecke wo

immer ich gehe, stehe, sehe ich:

Es ist die Stadt.

(1994)

Indra

zartgliedrig,

schön und streng

so würd ich sie nennen

bedeutete es nicht auch

sie gar nicht zu kennen

(2004)

Alles hat seinen Platz, wenn

es einer dorthin legt.

So liegen Sätze zum Trocknen in der Sonne

Darüber eine summende Stille,

Atmen

Und kein Regen.

(1997, 2004)

Lebenslauf

Fern von Zeit und Raum ist alles
Vor dem Leben und mehr und
Ein Stern in weiter Ferne.

Verzauberte Jahre der Kindheit
Wahr sind die Flügel der Träume
Und Wissen ist ohne Verstehen

Von der Bildung wohlgeordnet
Lässt die Welt sich bald erklären
Und die letzten Rätsel löst ein Lexikon

Erwachsen dann auf dieser Seite nur
Erledigen Gewohnheiten und Regeln
Den Rest von deinem goldenen Ursprung

Findest du die andere Seite wieder und
Ergibst dich ihr in Sehnsucht nach du weißt es nicht
Dann bist du uns verloren

Wechsle zwischen den Seiten!
Träume! Liebe! Tanze!
Beherrsche die Regeln mir einer Hand!

Lasse dich in gelassener Freude
Von Wirbelstürmen tragen!
Und mit einem Mal und unverhofft

Sind die Sterne wieder nah.

(1997, 2004)

Liebesgeschichten

Als ich an einem Nachmittag an einem See saß und Wasservögeln zusah, näherte sich ein älterer Herr in einem grauen Anzug mit einem altmodischen Hut auf dem Kopf und einem Spazierstock in der Hand. Er deutete einen Gruß an und setzte sich neben mich. Eine zeitlang saßen wir schweigsam nebeneinander, und ich vermutete, dass er wie ich die Enten- und Schwanenfamilien auf dem Wasser beobachtete, als er ungefragt das Wort ergriff:

„Ich möchte Ihnen drei Beispiele geben über die Liebe. Es sind wahre Begebenheiten aus dem Leben dreier meiner jüngeren Freunde, die jetzt etwa in Ihrem Alter sind, so Mitte dreißig. Einer dieser Freunde traf, als er ein junger Student war, eine Frau, die er so wundervoll fand, dass sie ihm unerreichbar schien. Das war in Heidelberg und er studierte damals Jura. Die junge Frau war eine Freundin einer seiner Kommilitoninnen. Sie verbrachten einen Nachmittag gemeinsam, dann reiste die schöne Frau wieder nach Berlin ab, wo sie studierte. Mein Freund verschwendete keinen weiteren Gedanken an sie, schließlich war eine wie sie sowieso unerreichbar. Außerdem musste er sich auf sein Studium konzentrieren und das ließ keine Gefühlsduseleien zu. Drei Jahre später wechselte er die Universität und zog nach Berlin. Ob das in einem Zusammenhang zu dieser Frau stand oder nicht sei dahingestellt, soweit er sich selbst erinnern konnte, hatte es nichts mit ihr zu tun, denn er hatte sie längst vergessen. Aber sie begegneten sich dort wieder, einige Male sogar, denn sie studierte an derselben Fakultät. Meistens sah er sie zusammen mit ihrem Freund, der in vielerlei Hinsicht besser zu ihr zu passen schien als jeder andere, und sie blieb unerreichbar. Bald darauf wurde sie schwanger und zog mit ihrem Partner in eine andere Stadt. Sieben Jahre später, mein Freund hatte sie erneut längst vergessen, traf er sie unvermutet auf einer Sylvesterparty in Lübeck. Er arbeitete inzwischen sehr erfolgreich für eine renommierte internationale Firma, deren Verträge er auf den richtigen Wortlaut und die Exaktheit im Detail zu überprüfen hatte. Ihr damaliger Freund hatte sie kurz nach der Geburt ihrer Tochter verlassen, und sie war seit sechs Jahren allein erziehende Mutter. Noch auf der Sylvesterparty wurden die beiden ein Paar. Etwa ein Jahr nach dieser Party traf ich die beiden gemeinsam, und es war ihnen anzusehen, dass sie sehr glücklich miteinander waren."

Der Herr machte eine Pause, ich war nicht in der Stimmung, seine Erzählung zu kommentieren und schwieg. Möglicherweise wirkte ich etwas unhöflich, wie ich so regungslos auf das Wasser schaute, aber ihn schien das nicht zu beirren, und er fuhr fort: „Ein zweiter Freund von mir langweilte sich in Deutschland und zog kurzerhand nach Puerto Rico. Dafür gab er seinen Beruf auf, und begann dort Taxi zu fahren. Eine schöne Frau, die sich öfter von ihm fahren ließ, übte eine starke Anziehung auf ihn aus. Ohne Zweifel war sie verrückt und darüber hinaus meistens betrunken, beides störte ihn nicht. Bald wurde ihm klar, dass sie ihr Geld als Prostituierte verdiente. Das hinderte ihn nicht, ein unverbindliches Verhältnis mit ihr anzufangen, eine feste Beziehung wollte er sowieso nicht. Manchmal verbrachte sie bei ihm die Nächte, schier endlose Obsessionen im Kerzenschein zwischen Begierde und Wahnsinn bis der Wachs heruntergebrannt war, und sie mit der Morgendämmerung in narkotischen Schlaf fielen. Häufig schlief sie woanders, gelegentlich machte sie ihm ohne ersichtlichen Grund fürchterliche Szenen, wiederholt brach sie bei ihm ein und stahl all seine Wertgegenstände. An anderen Tagen legte sie ihm ohne Erklärung große Geldsummen auf den Tisch. Je länger das dauerte, desto mehr sehnte er sich nach seinem ehemals geregelten Leben. Nach einem halben Jahr zog er in einer Nacht- und Nebelaktion, und ohne ihr eine Adresse hinterlassen zu haben, mit nur einer großen Tasche nach Düsseldorf zurück. Nach einem Vierteljahr klingelte es an der Haustür, und sie stand vor ihm. Er hatte keine Ahnung, wie sie ihn gefunden hatte, und wie ihr die Einreise ohne gültige Papiere gelungen war. Ehe er sich versah, führte sie die Beziehung mit ihm fort. Das bedeutet, sie verschwand immer mal wieder für einige Tage, kam dann irgendwann in fürchterlichem Zustand und völlig entkräftet zurück, meistens mit Geld in den Taschen, für das sie keine Erklärung gab. Dann erholte sie sich drei, vier Tage bei ihm und verschwand dann wieder für einige Zeit. Sie stritten sich häufig. Nach einem halben Jahr setzte er sie vor die Tür. Sie kam noch einige Male, brach zweimal bei ihm ein, schlief im Treppenhaus oder bei Nachbarn, er blieb unversöhnlich, und sie gab es schließlich auf. Als ich ihn das letzte Mal traf, lag das drei Jahre zurück. Er hatte keine neue Beziehung mehr angefangen. Stattdessen ging er zweimal im Monat zu einer Prostituierten, jedes Mal zu einer anderen. Und er versicherte mir, dass er dann für eine halbe Stunde das Gefühl von Verliebtheit erlebe, und das er danach froh sei, es hinter sich zu lassen und nur mit sich selbst zu sein. So merkwürdig es vielleicht klingt, aber er machte auf mich einen sehr zufriedenen, einen gelassenen und irgendwie befreiten Eindruck."

Der Herr beugte sich etwas nach vorn, stützte sich mit beiden Händen rechts und links von seinen Beinen auf der Bank ab und wog sein Kopf einige Male hin und her. Ich beobachtete ihn neugierig von der Seite, er sah nachdenklich aus, und etwas in seiner Miene wirkte sehr jugendlich. Dann lehnte er sich wieder zurück und setzte seine Erzählung fort:

„Ein dritter Freund von mir begegnete einer Frau, von der er sofort wusste, dass sie die Frau seines Lebens ist. Die Situation, in der sie sich begegneten, war nicht gerade günstig für ein Kennenlernen, aber mit etwas Einfallsreichtum und ihm sonst fremder Unverfrorenheit gelang es trotzdem. Überzeugt davon, dass sie füreinander bestimmt seien, ließ er sich von nichts stoppen. Er warb mit viel Einfallsreichtum um sie, allerdings ohne jeden Erfolg. Jedes Mal wenn sie sich bei einer anscheinend zufälligen Begegnung oder einem kurzen Spaziergang etwas näher gekommen waren, distanzierte sie sich hinterher um so mehr. Mein Freund hat nie erfahren, dass auch ich die Frau sehr gut kannte. Da mir beide ihr Herz ausschütteten, war ich zu jedem Zeitpunkt die best informierte Person in der Beziehung, hütete mich aber einzugreifen. Was er nicht wissen konnte war, dass sie früher einmal sehr unglücklich wegen einer gescheiterten Liebe gewesen war, so unglücklich, dass sie geschworen hatte, sich nie wieder zu verlieben. Auch er übte vom ersten Moment an eine starke Anziehungskraft auf sie aus, aber sobald sie sich dessen bewusst wurde, ging sie auf Distanz zu ihm. Sie war zu ihm unfreundlicher als zu jedem anderen in ihrer Umgebung. Er ließ sich davon nicht abhalten, und sie trafen sich trotzdem, wobei sie immer sehr darauf achtete, nichts weiteres daraus entstehen zu lassen und sich nie in Gefahr zu bringen, wie sie es nannte. So hatte sie nur selten Zeit für ihn und wenn dann höchstens für eine Stunde und ließ überhaupt nur eine Verabredung in der Öffentlichkeit und meist auch noch in Begleitung anderer Freunde zu. Das Ganze ging knapp zwei Jahre, dann sah sie keine andere Möglichkeit mehr, als den Kontakt zu ihm abzubrechen. Gegen ihren ausgesprochenen Willen war er machtlos, darüber mochte er sich nicht hinwegsetzen, dafür liebte er sie zu sehr. Die ganze Zeit war er ihr treu gewesen, hatte weder Affären noch ein Abenteuer zwischendurch, obwohl er durchaus viele attraktive Frauen kennen lernte, denn die Frauen mochten ihn. Aber sie ließen ihn alle kalt, lieber verbrachte er die Nächte allein und dachte an die Eine. Sie hat das nicht gewusst, und wenn es ihr jemand erzählt hätte, würde sie es wohl nicht geglaubt haben. Und er hat bis heute nichts über die Gründe ihres Verhaltens erfahren. Als ich ihn das letzte Mal traf, sagte er, es gehe ihm gut, aber es war ihm anzusehen, dass er unglücklich ist."

Wieder schwieg der Herr, und wir blickten auf den See. Kleine weiße Wölkchen, die dem Himmel mehr Tiefe verliehen, spiegelten sich in der Wasseroberfläche. Dann stand der Herr auf und sagte: „Ich muss jetzt gehen. Sie haben die ganze Zeit geschwiegen und waren mir ein geduldiger Zuhörer. Erlauben Sie mir zum Abschied eine Frage: Wenn Sie zwischen den drei Geschichten wählen müssten, welche würden Sie zu der Ihren machen?" Ich schaute an ihm vorbei auf den See und sagte nach kurzem Überlegen: „Die Dritte."

Wir schauten uns das erste Mal in die Augen, und sein Blick war überraschend eindringlich, als er mich fragte: „Warum?"

Ich sah ihn unbekümmert an und sagte ehrlich: „Weil die Frau mir am Besten gefällt. Und weil der Ausgang dieser Geschichte noch völlig offen ist."

Ein Lächeln flog über sein Gesicht, er nickte kurz, und ging dann ohne sich zu verabschieden leichtfüßig seinen Spazierstock schwenkend. Ich blieb noch eine Weile sitzen und schaute auf die Spiegelung des Himmels im See.

(Oktober 2004)

Inhalt:

Henrik Woelk wurde in Reinbek geboren, studierte Anthropo-
logie, lebt in Hamburg und ist auch als Fotograf tätig.

Umschlagfoto: Henrik Woelk, Selbstportrait September 2004